宋诗

唐宋诗词鉴赏系列

彩图版

刘斯奋 刘斯翰 编著

暨南大学出版社

图书在版编目（CIP）数据

宋诗 / 刘斯奋，刘斯翰编著 . — 广州：暨南大学出版社，2016. 1
（唐宋诗词鉴赏系列·彩图版）
ISBN 978-7-5668-1674-0

Ⅰ．①宋… Ⅱ．①刘… ②刘… Ⅲ．①宋诗－诗歌欣赏 Ⅳ．① I207. 227. 44

中国版本图书馆 CIP 数据核字（2015）第 270751 号

出版发行：暨南大学出版社

地　　址：中国广州暨南大学
电　　话：总编室（8620）85221601
　　　　　营销部（8620）85225284　85228291　85228292（邮购）
传　　真：（8620）85221583（办公室）　85223774（营销部）
邮　　编：510630
网　　址：http://www.jnupress.com　 http://press.jnu.edu.cn

排　　版：广东新风格广告有限公司
印　　刷：广州市新怡印务有限公司

开　　本：890mm×1240mm　1/32
印　　张：4.375
字　　数：122 千
版　　次：2016 年 1 月第 1 版
印　　次：2016 年 1 月第 1 次
定　　价：25.00 元

前言

唐诗与宋词，是我国古代诗歌史上最辉煌的两个篇章。

唐诗，以其包罗万象、涵融千古的气度，大声镗鞳、雄视阔步的风采，云蒸霞蔚、异彩纷呈的魅力，名家蜂起、流派林立的造诣，众体赅备、创作宏富的成就，超迈前人，难乎为继，令人高山仰止，叹为大观。

宋词，则迥然不同。它不像唐诗那样全方位地面向世界、拥抱人生，而是以自己长于咏叹柔情的格律、特具的细腻深美的技法，集中精力去开拓人类心灵那复杂隐秘的幽土。它继唐诗之后翻开了一页新的篇章。另外有豪放一派，试图扩大词的内容而与诗争胜。但它们实际上未能显示出"与诗划境"的独创，在作家和作品的数量上也远不能同词之正宗婉约派相比。

在唐诗时代的中后期，出现了唐五代词，而在宋词时代，则并存着宋诗。

宋代诗人不甘步唐后尘，他们"以文字为诗，以才学为诗，以议论为诗"，一反晚唐艳冶、通俗、粗豪的诗风，转而偏尚理趣，追求淡雅。后人因此有"宗宋"者，主张宋诗在唐诗之上。这自然不是公允之论。从整个诗歌发展线索来看，唐诗、宋诗本为一体，都属于格律诗充分发展而臻于极盛的阶段，直到宋以后这一高潮才告结束。我们或可将宋诗视为唐诗的去脉。

唐五代词则是宋词的来龙。它完成了词体由民间向士大夫阶层的演化，即所谓"化俗为雅"的一个进程。一批杰出的作家和一批不朽的名作脱颖而出，以花间派为代表，无论在形式、内容、题材、品位、技法、辞藻等各个方面，都为宋词的繁荣昌盛奠定了方向。因此唐五代词是不容抹杀和忽视的，亦如宋诗之不容抹杀和忽视一样。

这套《唐宋诗词鉴赏系列》（彩图版）分为三册，实际上包括了上述四部分内容。换句话说，它的范围包括了唐诗、宋诗、唐五代词、宋词。我们从这一范围中精选了140位作家的258首名篇佳作，进行翻译、赏析和注释，并附以作者简介，目的在于为抱有兴趣而又初次涉足这片神奇土地的人们，提供一点入门的向导。因此，我们特意挑选篇幅较短的作品，除进行简要注释之外，还用了较大的心力进行白话今译和艺术分析。译文采用逐句对译的办法，使读者易于直接地体味和把握古代诗词的语言，并循序渐进，触类旁通。艺术分析则试图丰富多样一些，以期启发读者从各种不同的角度对作品进行欣赏，助于拓宽对古代诗词的审美视野。

这套图书的另一特色，是每一首诗词都配上了一幅彩绘的插图，意在收取图文并茂之效，增加吸引力。

要做好通俗工作并非一件容易的事。如同我们曾经做过的诗词选注工作一样，当这套图书完竣之后回头来看，仍旧发现有一些不尽如人意的地方，希望同行们不吝指谬匡正，使将来有机会再版的时候，能够把它修订得更好一些。

刘斯奋 刘斯翰
2015年中秋前夕于广州

·目 录·

满阶梧叶月明中

立秋 刘翰

乳鸦啼散玉屏空，
一枕新凉一扇风。
睡起秋声无觅处，
满阶梧叶月明中。

【作者简介】

刘翰（919—990），沧州临津（今河北沧县）人，北宋国医。曾任后周翰林医官、北宋翰林医官使等职，参与校订《开宝重定本草》。

【今译】

待哺小鸦的啼声消散了，玉屏风里空荡荡的，不见人影。／秋风习习，顿觉枕边清新凉爽，就像有人在床边用扇子在扇风一样。／不知道什么时候入睡，忽然又醒了，只听见四下里一片瑟瑟秋声。／我于是起床走出门外，啊，原来是梧桐叶落了一地，在石阶上，朗朗的月光之中。

【赏析】

题为立秋，其实诗人诉说的却是旧地重游，人去楼空的寂寞情怀。如果粗粗看去，还当真以为他是在描述新秋的潇洒、快意呢！但"玉屏空"三字透露了个中消息。把握住这一点，那睡起无觅、梧叶满阶的怅惘，那一枕秋声的低诉，便蓦地触动了赏者的心扉。

塞上　　柳开

鸣骹直上一千尺[①]，
天静无风声更干。
碧眼胡儿三百骑[②]，
尽提金勒向云看[③]。

【作者简介】

柳开（947－1000），字仲涂，宋初人。毕生致力于推崇韩愈、柳宗元的散文，成为唐宋古文运动的中介人物。著有《河东集》。

【今译】

一支响箭直飞起来，奔向千尺的高空。／没有风，宁静的天宇中，它的鸣声更显得清脆嘹亮。／那三百个正驰骋着的蓝眼睛胡族骑士，／全都收紧了马儿的笼头，停下来朝云端张望。

【赏析】

记得有人说过："诗是有声的画。"如果用来比况《塞上》这首诗，真是再合适不过了。你看，在茫茫的草原上，三百名胡族的轻骑兵，猛然听见发出号令的响箭，一齐勒马横刀，仰首向天。这是一幅多么生气勃勃、充满动感的画图！它使人真切地领略到边塞生活矫健豪迈的情趣，并深深地为之感染。不仅如此，透过作者开头两句诗的极力刻画，我们还仿佛听到了响箭那一声尖利悠长的呼啸——它划过长空，划破画面，一直传到耳中来。据说这首诗在作者活着时就已广为传诵，还有人将之画成图画，它的成功不是偶然的。

【注】

①"鸣骹"，骹（xiāo），鸣镝，响箭。发射时会发出响声，古代军队用以发布号令。②"胡儿"，我国古代对北方和西域民族的泛称。③"金勒"，装饰着黄金饰物的马笼头。

春居杂兴　　王禹偁

两株桃杏映篱斜，
妆点商山副使家^①。
何事春风容不得？
和莺吹折数枝花。

【作者简介】

王禹偁（chēng）（954—1001），字元之，宋代诗人。他积极提倡学习杜甫和白居易，在诗歌中反映民间疾苦，为扭转北宋初年诗坛上的浮华风气作出了贡献。著有《小畜集》。

【今译】

在篱笆旁边，一棵桃树和一棵杏树，繁花满枝。／让我这个商州副使的寒素之家，生色不少。／可为什么，东风却不肯多给一点呵护？／它把这花吹折了好几枝，连枝上的黄莺也一起吹掉了！

【赏析】

诗人一生，因为为官清正，备受打击，屡遭降职处罚。直言得祸，忠而被疑，这令他感到痛苦，而又投诉无门。一个春天的早晨，他偶然发现门外几枝桃李被风吹折，触动诗情，于是信笔写下了这首绝句，借花自比，抒述离忧。春居杂兴，也即春天闲居之时若干随感的意思。

【注】

①"商山副使"，诗人自指。王氏尝因为徐铉辩护而被贬商州团练副使。商山，在今陕西商县。

村行 王禹偁

马穿山径菊初黄，信马悠悠野兴长。
万壑有声含晚籁①，数峰无语立斜阳。
棠梨叶落胭脂色②，荞麦花开白雪香③。
何事吟余忽惆怅？村桥原树似吾乡！

【今译】

马儿在山间小路上穿行，到处是含苞初放的野菊，点点金黄。/任由马儿载往前去，我左顾右盼，陶醉在山野的美景中。/那无数幽静的山谷，傍晚时却充满了各种各样的喧声；/只有几座山峰一声不响，默默耸立在昏黄的夕阳里。/棠梨落下了满地枯叶，红艳艳的，如同胭脂一般颜色。/荞麦正是扬花时节，白茫茫的，如同一片散发香气的雪。/哦，为什么，当我吟诗之余，忽然感到满心惆怅？/只为那村边的板桥、田野上的树林子，这一切，太像我的故乡了！

【赏析】

这首诗题为"村行"，中间四句写景，乍看去像是随手拈来，漫不经心，其实不然。因为身在山中，所以充耳尽是山谷里的喧闹声；只有下山到了田野，才能欣赏到"数峰无语立斜阳"的宁静境界。至于棠梨，那是农家常种的材木用树，荞麦扬花，更是农田中特有的景观，都是走近村子才能看到的事物。如此，经过逐层递进，最后村子的出现，便是自然合理的了。

【注】

①"晚籁"，傍晚时大自然中的种种声响，如风声、鸟鸣等等。"籁"，读 lài。②"棠梨"，亦名杜梨，落叶乔木。叶长卵圆形，顶端渐尖，边缘有锯齿。③"荞麦"，亦名甜荞麦，一年生草本。花被白或淡红色，籽粒供食用。

书河上亭壁　寇准

（四首选一）

暮天寥落冻云垂，
一望危亭欲下迟。
临水数村谁画得，
浅山寒雪未消时。

【作者简介】

寇准（961—1023），字平仲，华州下邽（今陕西渭南）人，北宋政治家。太平兴国五年（980）进士，授大理评事，累迁殿中丞、通判郓州。召试学士院，授右正言、直史馆，为三司度支推官，转盐铁判官。改山南东道节度使，起为宰相。贬雷州司户，病卒。

【今译】

冬天，傍晚时分，苍茫萧瑟的天空，堆拥着低垂的阴云。／我立在这高高的亭子上，遥望，犹豫着，舍不得离开。／看哪，散落在水边那些个村子，犹如图画一般，可谁又能画得出如斯风调？／村子背靠着一片山林，斜坡上的雪，冷冷的、白白的，给它们作衬！

【赏析】

钱钟书说寇准的七言绝句"最有韵味"，这话不假。试看这首冬天风景画，他择取了"暮天""冻云""浅山""寒雪"，大笔渲染出一片冬日荒寒的景象。然后以草草逸笔，绘画出"临水数村"，顿时满纸生气盈溢，令人为之精神一振！艺术也讲究辩证法，此即是一例。

梅花　林逋

众芳摇落独暄妍①，占尽风情向小园。
疏影横斜水清浅，暗香浮动月黄昏。
霜禽欲下先偷眼，粉蝶如知合断魂②。
幸有微吟可相狎，不须檀板共金尊③。

【作者简介】

林逋（bū）（967—1028），字君复，宋代诗人。一生隐居不仕，常住杭州西湖孤山，种梅养鹤，人称"以梅为妻，以鹤为子"。著有《林和靖先生诗集》。

【今译】

当百花全都凋谢之后，只有你如此明艳俏丽，／把小园中所有风流情韵独占了去。／你那疏朗的姿影，纵横交加，在清澈见底的池水上；／你那淡淡的芳香，暗自弥漫，在拂晓的月色中。／歇脚的鸟，在落下以前仔细端详，怕踩坏了你。／采花的蝴蝶，要是知道你，一定会快活死了！／至于我——幸运的是，我可以奉献这篇小诗来和你亲近。／我知道，你用不着那些个檀木拍板、名贵酒杯。

【赏析】

由于诗人妙手偶得，佳句天成，而使整首诗身价百倍，传诵千古。这种有趣的现象，在我国古代诗坛上屡见不鲜。林逋这篇《梅花》即是著名的一例。此诗就是因"疏影横斜水清浅，暗香浮动月黄昏"二句而成为名作的。更为有趣的是，这堪称咏梅诗冠冕的名句，原来并非林逋自创，它脱胎于南唐诗人江为的诗句："竹影横斜水清浅，桂香浮动月黄昏。"林逋仅仅改动了两个字而已！但我们却必须承认，这一改动确有"点铁成金"的妙处。使之成为名句的，毕竟还是林逋。

【注】

①"众芳"，指百花。"暄妍"（xuān yán），形容梅花明艳美丽。②"断魂"，形容粉蝶高兴到极点。③"檀板"，檀木拍板，歌唱时用以标明节拍的一种乐器。"金尊"，名贵的酒杯。

江上渔者　范仲淹

江上往来人，
但爱鲈鱼美①。
君看一叶舟，
出没风波里。

【作者简介】

范仲淹（989—1052），字希文，宋代诗人、著名政治家。他的散文和词尤为有名，其中《岳阳楼记》一篇，传诵千古。著有《范文正公文集》。

【今译】

江上来来往往的客人，／只是喜欢品尝鲈鱼的鲜美。／请你去看看那打鱼人的小船，就像一片叶子／在风浪中出没的冒险情景吧！

【赏析】

在江上打鱼的渔夫，已经传了不知几百千代；在江上过往的吃鱼的人，更是算也算不过来。渔夫管自打鱼，客人管自吃鱼，早已是司空见惯了的事。只是有一天，诗人来到这里，并且写下了《江上渔者》这首诗，事情里头包含着的发人深省的意味才豁然显露在人们面前。诗如其人，在这短短二十个字里，也闪耀着范仲淹那"先天下之忧而忧，后天下之乐而乐"的人格光辉。

【注】

①"鲈鱼"，一种生长于咸淡水交界处的鱼类，身扁而长，口大，银灰色，背有小黑斑，性凶猛，以鱼虾为食。肉味鲜美，为我国常见食用鱼类之一。

小村　梅尧臣

淮阔洲多忽有村，棘篱疏败漫为门。
寒鸡得食自呼伴，老叟无衣犹抱孙。
野艇鸟翘唯断缆，枯桑水啮只危根①。
嗟哉生计一如此，谬入王民版籍论②！

【作者简介】

梅尧臣（1002－1060），字圣俞，宋代诗人。与苏舜钦齐名，时称"苏梅"。与欧阳修一起推动北宋诗歌革新运动，对宋诗的形成产生了巨大影响。著有《宛陵先生文集》。

【今译】

宽阔的淮河上散布着众多小岛，在那些小岛上，会忽然冒出来一个小村庄：／荆棘编成的篱笆，稀疏破败，当中留出缺口，就算做家门了。／一只瘦伶伶的鸡找到食物，便起劲叫唤着，招呼它的同伴；／完全没有衣服穿的老头，竟自得其乐地在逗弄着没穿衣服的孙子。／拖着一根断缆绳的小艇，只有野鸟偶尔在上面停留；／枯萎的桑树，被江水冲刷啮食着，露出了孤零零的根。／真是可叹呵，这些人的生活竟落到了这般田地！／要说他们也算是大宋的百姓，是编入户籍，例应缴纳赋税的。那可真荒唐呵！

【赏析】

本诗题曰"小村"，写的是淮河水患时灾民临时避难所的真实情景。诗人愤然揭露了地方官吏不但不加体恤，反而隐瞒灾情不予上报，并且向难民继续追缴赋税的惨无人道的行为。

【注】

①此二句用了倒装句法，正读应为"鸟翅野艇唯断缆，水啮枯桑只危根"。②"王民"，在宋王朝统治下的人民。"版籍"，户口簿册。

春陰垂野艸青青

淮中晚泊犊头[①]　苏舜钦

春阴垂野草青青[②]，
时有幽花一树明。
晚泊孤舟古祠下[③]，
满川风雨看潮生。

【作者简介】

苏舜钦（1008－1048），字子美，宋代诗人。与梅尧臣、欧阳修共同倡导诗歌革新运动，诗风豪迈，与梅尧臣齐名，世称"苏梅"。著有《苏学士文集》。

【今译】

春天的云阴沉沉地低垂在原野上，草已经长起来，青青的一片；／在苍茫的暮色中，时不时探出一株开花的树，令人眼前豁然一亮。／天快黑的时候，我这孤零零的小船停靠在一所古老祠堂跟前；／就在这时，风雨猛地袭来了，我便留在船舱里，默默观赏淮河上涨起春潮。

【赏析】

春阴、野草、幽花、孤舟、古祠，这些挑选提炼出来的事物，极协调地烘托着诗人旅途的孤寂之感。在压抑的心境中，他寻求着宣泄，寻求着解脱，这个隐秘的要求，终于因淮河上风雨交加、春潮陡涨的一幕而得以实现。我想，应该把这首诗视作诗人一段小小的心灵历程，那将使得我们能够较为贴近地体味本诗的妙处。

【注】

①"淮中"，淮河道中。"犊头"，淮河岸边一处小地方名。②"春阴"，春天的雨云。③"古祠"，古庙。

天地隐然

蚕妇① 张俞

昨日入城市，
归来泪满巾。
遍身罗绮者②，
不是养蚕人！

【作者简介】

张俞（1039 年前后在世），自号白云先生，宋代诗人。屡次考试不第，后隐居四川青城山。

【今译】

昨天随伙伴们进城去，/ 回来时，她哭得很伤心。/ 那些浑身上下绫罗绸缎的 / 没有一个是养蚕的人！

【赏析】

养蚕妇女应当明白她们这一群人穿不起那些贵重的丝织品，大约不必等到进城去看了才知道的。这是本诗不够真实之处。此诗的可贵，在于诗人为蚕妇抱不平，并且借她们的口来谴责这种社会的不公道，而这种不公道则是千真万确的。

【注】

①"蚕妇"，以养蚕为业的妇女。②"罗绮"，泛指丝织品。

闲东关岳山鸟出

再至汝阴① 欧阳修

黄栗留鸣桑椹美②，
紫樱桃熟麦风凉。
朱轮昔愧无遗爱③，
白首重来似故乡。

【作者简介】

欧阳修（1007－1072），字永叔，宋代大文学家。在散文、诗、词方面都有杰出成就。是北宋文坛的一代宗师，又是宋代古文运动的领袖人物。后世列为"唐宋八大家"之一。其诗朴质平易，但稍嫌粗直浅露，成就不及其散文与词。著有《欧阳文忠公文集》。

【今译】

又是黄莺啼啭的时候，咀嚼着桑椹，味道真好！／最欣赏熟透的樱桃红得发紫，还有从麦田吹来的风凉飒飒的，使人心旷神怡。／哦，这一切都逗起我对往日的回忆。惭愧的是，当年没能办成几件好事。／如今重到这里，我已白发苍苍。只有一点感想，仿佛回到了自己的家乡。

【赏析】

皇祐元年（1049），诗人曾出任颍州知州，来到汝阴（州府所在地），他爱上了这里的山川风物，萌生了终老是乡的强烈愿望。他虽然只在此担任了一年知州，却与颍州结下了不解之缘。他在颍州西湖旁置备了房舍，以后多次来此留住，在别处任职时，每思颍辄赋诗，并编成"思颍诗""续思颍诗"，表达寄托早日退出官场，归隐山水间的愿望。治平四年（1067），即诗人初至颍州的十九年后，他因出知亳州，特意绕道途经颍州，并写下了这首诗。弄清楚这一特定背景，对体味本诗应该是颇有帮助的。

【注】

①"汝阴"，即今安徽省阜阳县。②"黄栗留"，黄莺的别称。③"朱轮"，借指郡太守之职。诗人曾在汝阴所属的颍州任知州。"遗爱"，指在任地方官期间为当地做的好事。

泊船瓜州① 王安石

京口瓜州一水间②，
钟山只隔数重山③。
春风又绿江南岸，
明月何时照我还？

【作者简介】

王安石（1021－1086），字介甫，宋代诗人，著名政治家。领导了以其名字命名的变法运动，写过许多反映现实矛盾、民生疾苦的诗篇，对宋代诗风有很大影响。著有《临川文集》。

【今译】

京口与瓜州隔着长江遥遥相望，／这儿离钟山也不远，不过几重山而已。／哦，春风又在染绿江南的大地了，／明月呵！你什么时候再照着我归来？

【赏析】

写寻常别情，而匠心独运，是此诗的特点。我们看第一句时，只觉诗人信手拈来，就眼前说眼前，不假思索。待看了第二句，才感到并非如此，诗人是用眼前的瓜州、京口，引出一个不在眼前的钟山——他的家来。而诗人的惜别之情亦由此微露端绪。但是，第三句又令我们困惑了，它似乎跟开头两句全不相干。直至看到最后一句，才又恍然大悟：春风明月，在江南最美好的时节刚刚开始时，诗人却要离去了。这一去什么时候能回来，他不知道。于是先前的离情别绪，汹涌泛滥，不可抑止。虽短短四句，而其中的起伏跌宕，艺术构思，不也耐人寻味吗？

【注】

①"瓜州"，地名，在今江苏省长江北岸，扬州市南。②"京口"，地名，即今江苏省镇江市，在长江南岸。③"钟山"，地名，即今南京市紫金山。诗人故居在山下。

河北民① 　王安石

河北民，生近二边长苦辛②。
家家养子学耕织，输与官家事夷狄。
今年大旱千里赤，州县仍催给河役。
老小相依来就南，南人丰年自无食。
悲愁天地白日昏，路旁过者无颜色。
汝生不及贞观中③，斗粟数钱无兵戎！

【今译】

　　河北的老百姓哟，／生活在边境上，辛苦劳累没个尽头。／家家户户生儿育女，教会他们耕种和纺织；／可是，种的粮食织的布，却被国家拿去进奉给外国人。／今年发生了严重的旱灾，千里土地，寸草不长。／州里县里却不闻不问，只管摊派修河的工役。／壮丁都拉走了，剩下老老小小，只好流浪到河南来讨饭。／谁知道河南本是丰收年，老百姓却自己都吃不饱呢！／他们悲伤呵，发愁呵，直教那天昏地暗日月无光。／过路的人也为之伤心落泪，叹息不已：／唉，你们真是生不逢时！如果赶上唐朝贞观年间国家强盛的时候，／一斗粟才卖几个钱，也没有战事！

【赏析】

　　这是一首政论性很强的诗篇。诗人虽以"河北民"为题，抨击的却是北宋王朝不惜用对人民的沉重剥削来换取外敌的"和平承诺"这么一个极度腐败无能的基本国策。诗人的同情是真挚的，揭露是犀利的，充分发挥了杜甫、白居易新乐府所开创的现实主义的战斗传统。

【注】

　　①"河北"，黄河以北流域。②"二边"，指当时北宋与辽和西夏二国的边界。③"贞观"，唐太宗李世民当政时的年号。

题西太一宫壁^①　　　王安石

柳叶鸣蜩绿暗^②，
荷花落日红酣。
三十六陂春水^③，
白头想见江南。

【今译】

柳叶间，蝉儿在鸣唱着，那绿荫渐渐地暗淡下去了；／池塘中，荷花正盛开着，在夕阳里益发娇红如醉。／这可是那三十六陂春水荡漾的江南么？／哦，西太一宫！你使我这垂暮之年的老人深深地怀念故乡呵！

【赏析】

西太一宫的风景酷似江南，致令诗人为之黯然神伤。这首六言小诗，据说使得苏东坡、黄庭坚两位名震古今的大诗人也为之心折。依我之见，他们的欣赏，固然因为前三句描写的简洁明丽，而尤其在于最后一句所流露的深沉而又蕴藉的人世沧桑之感。不信，试把"白头"二字改易一下，比如改成"令人""悠然""一时""依稀"等，再比较一番，你最后便会同意我这看法。另外，我还想指出，真能领略个中滋味的，又必须是那些具有一定人生阅历，尤其是像苏东坡、黄庭坚那样历经曲折坎坷的读者。

【注】

①"西太一宫"，供奉太一神的宫殿。宋时有东、西太一宫，西太一宫在汴京（今河南省开封市）城西。"题壁"，把作的诗写在墙壁上，这是古代文人的一种习惯。②"蜩"（tiáo），蝉。③"三十六陂"，池塘名，就在西太一宫附近。"陂"（bēi），池塘。又，江南（今扬州天长市）也有三十六陂的地名。

道中 张公庠

一年春事已成空，
拥鼻微吟半醉中①。
夹路桃花新雨过，
马蹄无处避残红。

【作者简介】

张公庠（生卒年不详），字元善。北宋皇祐元年（1049）进士，曾任著作佐郎，后以尚书都官员外郎知晋州，改苏州。

【今译】

今年春天的赏心乐事，就这样烟消云散了。／我半醉半醒，轻轻地低吟起一首送春的诗。／道路两旁，曾经那样绚烂的桃花，刚被一场骤雨打落。／我不由得小心地牵扯缰绳，但马蹄还是践踏在上面。噢，可怜这满地的残红！

【赏析】

惜春的题材，仅宋代的诗词就不知写过多少。但是，张公庠的这一首仍然使人难以忘怀。最妙的是"马蹄无处避残红"！它可以画成一幅画，也可以拍成一帧照片，以至拍摄成一段影片。而用不着添上一行字、一句旁白，"惜春"之情，已经尽在不言中。

【注】

①"拥鼻微吟"，东晋时谢安患鼻炎，吟咏时鼻音重。士人都爱摹仿他，成为一时风尚。

钓者　徐积

有人口诵浮云曲，
手把潇湘一竿竹①。
荻花洲上作茅庵，
坐看江头浪如屋。

【作者简介】

徐积（1028－1103），字仲车，楚州山阳（今江苏淮安）人。幼孤，事母至孝。治平四年（1067）进士，授扬州司户参军，改和州防御推官。徽宗时为宣德郎。

【今译】

有这么个人，口中念诵着《浮云曲》，／手里把着一支斑竹制成的鱼竿。／在荻花洲上结了个茅草庵。／然后他坐下来，和那凶猛的、屋子一般高的浪头悠然对望。

【赏析】

一个在江边垂钓的渔人，面对着波涛汹涌的水面。这就形成了一种小与大、动与静的奇特构图。尤其是其中之人直面狂暴的大自然，却显得那样从容不迫、悠然自得。此诗已经超越了对渔人的称叹，而成为一首对人的赞美诗。我们也不妨说，它表现出了中国式的"崇高"风格。

【注】

①"潇湘竹"，斑竹的别称。传说帝舜南巡，死于苍梧，二妃娥皇、女英哭之，泪洒潇湘，竹为之尽斑。

望湖楼上水连天

六月二十七日望湖楼醉书① 苏轼

黑云翻墨未遮山，
白雨跳珠乱入船。
卷地风来忽吹散，
望湖楼下水如天。

【作者简介】

苏轼（1037—1101），字子瞻，宋代大诗人、大散文家。继欧阳修之后主持北宋文坛，其诗文对当时和后世都产生深远影响。与其父苏洵及弟苏辙并称"三苏"，又为"唐宋八大家"之一。著有《东坡集》《后集》《续集》。

【今译】

浓墨样的黑云翻涌着，还来不及把山遮盖严实，／白花花的急雨如同乱跳的珍珠，迫不及待地就扑进船舱里来了。／随后，一阵卷地狂风，把那云呵雨呵吹了个无踪无影。／于是，望湖楼下变得如此清净，天就像水，水就像天！

【赏析】

诗家讲究"起承转合"，常用来分析一首诗的篇章结构。这首诗用作实例颇为典型。首句是"起"，写风起云涌，陡然而生。次句是"承"，因"黑云翻墨"而有"白雨跳珠"，一场雨随即骤至。第三句是"转"，风势渐强，云雨被席卷而去。末句写湖上恢复了先前的平静，是"合"。

【注】

①"望湖楼"，在今浙江省杭州市西湖之昭庆寺前。"醉书"，在醉中写下的。

饮湖上，初晴后雨①　苏轼

水光潋滟晴方好②，
山色空濛雨亦奇。
欲把西湖比西子③，
淡妆浓抹总相宜。

【今译】

澄波荡漾，浮金万点，正是个绝好的晴天。／山色凄迷，若隐若现，下雨也别饶奇致。／我想把西湖比作那位古美人西施，／无论轻施粉黛，还是浓妆艳抹，都是那么迷人。

【赏析】

"比兴"是我国古代诗歌最重要的艺术手法。其中的"比"，是指比喻。打个比方，似乎不难，若认真考究一下，便会发现其实并不容易。因为这里起码有两点要求，一是要出人意表，奇妙新鲜，惹人注意；二是要抓住特征，准确恰当，令人首肯。以之写入诗，要求自然更高。且看东坡此诗，前面两句写一晴一雨，不见得十分出色，只算作一个引子，逗起下文。西湖的阴晴明晦变化万千，诗人耽之日久，原已十分熟悉，但要在一首小诗中来加以概括，却非易事。于是他求助于"比"也即比喻一法。诗人从西湖的变化中抓住其统一，这就是"适度的美"——"相宜"。他敏锐地体察到西湖的种种自然变化都不致激烈到损害这种属于阴柔的谐美，这令他很自然地联想起古代传说中的美人。而养育在这样一种自然山水间的古美人，最著名的便是西子。由此，一个精彩的比喻在他的诗思中生成了，而这个比喻，以后又为人们交口传诵，成为咏叹西湖的千古名句。

【注】

①"饮湖上"，在湖上的船中喝酒。②"潋滟"（liàn yàn），波光闪动的样子。③"西子"，西施，传说为春秋时代越国的美女。西湖在越国故地，所以诗人将二者作比。

题西林壁① 苏轼

横看成岭侧成峰，
远近高低各不同。
不识庐山真面目，
只缘身在此山中。

【今译】

横着看是雄伟的山岭，侧着看是峻峭的高峰。／远处看、近处看、高处看、低处看，所见都不一样。／无法认识庐山真实的面貌，／只因为置身在这山中的缘故。

【赏析】

说理，是宋代诗人一种特殊的兴趣，它甚至成为宋诗区别于唐诗的一种特色。正因此，宋代也的确出现了一批妙趣横生、受人喜爱、传诵不衰的哲理诗。东坡此诗便是一首。诗是在描写庐山，但显然地，诗人此刻的兴趣并不在于庐山的苍莽雄秀、夕霭晨霏、瀑流石壁……而是对游山时所获得的种种不同印象以及其中的缘故感到迷惑，而想谋求解悟。诗人之所以发生这种看似难于理解的兴趣，要解释也不难。这是诗人意欲整体地捕捉住庐山面目，将其写进诗中，却意外被难住从而诱发的。经过一番沉思冥想，诗人终于彻悟了其中的道理，于是高兴地提起笔来，写成了这首哲理诗并题到庐山西林寺的墙壁之上。

【注】

①"西林"，西林寺，在今江西省庐山西麓。

海棠　苏轼

东风袅袅泛崇光①，
香雾空濛月转廊。
只恐夜深花睡去，
故烧高烛照红妆②。

【今译】

在春风中轻柔地摇曳，闪耀着照人的光彩。／香气和雾气混成一片，而月亮转过回廊正在沉落下去。／我怕深夜到来时，海棠花也将沉睡，／于是特地点起长长的蜡烛，照着这美人儿。

【赏析】

唐宋时，海棠作为蜀中的名花名重一时，以致上至皇帝下及民间百姓都趋之若鹜。东坡是蜀人，对这风尚既熟悉，又热衷。元丰三年（1080），他被贬黄州，在游览位居州城东南的定惠院时，意外发现院东小山上有海棠一株。这使他触动乡愁，感慨万千，当即写下七言古诗一首。而这首咏海棠绝句，则是四年后所作。诗中刻意抒述了诗人爱惜海棠的款款深情。已经是深夜了，与海棠相对了一整天，诗人仍意犹未尽。在春风吹拂、香雾缭绕之中，他忽发奇想：人不睡觉，便点起蜡烛。那么多点些蜡烛，照住海棠花，不就可以使她长开不谢吗？这么做当然是徒劳的。但是，诗人真诚地希望能够留住海棠的美，这种惜花之情却是十分动人的。至于前述的乡愁，这里看不见了。不能说这种系于海棠的愁情已然消失，它只不过有如酿酒，时间久了，便愈发醇厚罢了。

【注】

①"东风"，春风。②"红妆"，原指女性，此借指海棠花。

惠崇春江晚景^①　苏轼

竹外桃花三两枝，
春江水暖鸭先知。
蒌蒿满地芦芽短^②，
正是河豚欲上时^③。

【今译】

在翠绿的竹丛后面，三两枝绯红的桃花悄悄开放了；／春已降临，江水变得暖和起来，鸭群首先知道了这个消息。／一转眼，蒌蒿爬满了江畔，芦苇也长出了短短的嫩芽。／哦，这正是那肥美的河豚逐潮而上的时候呵！

【赏析】

题画诗的要诀之一，是既要不离画的内容，又不完全被画的内容拘囿。例如苏轼这首诗，"竹""桃花""春江""鸭""蒌蒿""芦芽"，大约都是画中所有之物，它使我们即便没有见到《春江晚景》那幅画，也能想象得出画中情景。但诗人并未局限于此。他从春江鸭群的动态中，想到了"水暖鸭先知"，从"蒌蒿满地芦芽短"中，想到了"河豚欲上时"，这些可就不是画中所见的了。正因为诗人的想象力，丰富了画面的内涵，也大大增添了人们对画的审美情趣。

【注】

①"惠崇"，宋初画家，以善画小品驰誉当时，号为"九僧"之一。《春江晚景》为其作品。②"蒌蒿"（lóu hāo），一种属菊科的野草。"芦芽"，芦苇的嫩芽，又称"芦笋"，可食用。③"河豚"，一种鱼，味美，但有毒。"豚"，读 tún。

睡起 　黄庭坚

柿叶铺庭红颗秋，
薰炉沉水度衣篝①。
松风梦与故人遇，
同驾飞鸿跨九州②。

【作者简介】

黄庭坚（1045—1105），字鲁直，宋代著名诗人，与苏轼齐名，世称"苏黄"。其诗重法度，在技巧上多所创获，被公认为"江西诗社宗派"的开山祖。著有《山谷内集》《外集》《别集》。

【今译】

庭院中，柿树的叶子落满一地。朱红的果实挂在枝头，秋天来了。／薰炉里燃着沉香，香烟袅袅，从薰衣服的笼子里飘逸而出。／松树间，阵阵秋风吹过。我做了一个梦，在梦中和我的好朋友会面，／我们一起乘坐于大雁背上，飞向高空，纵览祖国的壮丽山河……

【赏析】

作者曾因元祐党人案的牵连，遭到长达十年的贬谪，最后死于宜州贬所。亲朋好友如苏东坡、秦观、晁补之等都各散东西。贬谪的生活是寂寞凄清的，但诗人的内心世界却并未因此而消沉颓废下去。这首诗，便是在他午睡醒来时的短暂记述中，骤然发出生命跃动的光芒。诗人以善于运用诗歌技法见称，此诗也不例外。他将眼前景物的刻意写实，与梦中境界的夸诞张扬结合起来写，构成一实一虚、一静一动、一抑一扬的矛盾对置。而在这强烈的对比之中，把贬谪中所处环境的沉静萧飒，与内心世界的激荡昂奋，鲜明而又尖锐地揭示出来，从而造成全诗悲慨苍凉的高格。

【注】

①"薰炉"，古时用来薰香和取暖的炉子。"沉水"，沉水香，又称沉香，一种古人常用的香料。"衣篝"，罩在薰炉上用以薰衣服的笼子。"篝"，读gōu。②"九州"，古中国的别称。

题郑防画夹五首^①　黄庭坚

（选一）

惠崇烟雨归雁^②，

坐我潇湘洞庭^③。

欲唤扁舟归去，

故人言是丹青^④。

【今译】

惠崇所画的烟雨归雁图，／使我一下子置身于潇湘、洞庭湖之间。／我正要吩咐船夫向茫茫烟水驶去，／朋友提醒说：这是一幅画，不可当真。

【赏析】

把画中山水当真，一以称美画师的高明，一以表示自己的忘我。这种题画伎俩到黄庭坚时早已陈腐。诗人的本领，在于情节设置的巧妙和章法经营的匠心，把读者的审美意趣转移到形式上去，从而收到不同凡响的效果。就情节而言，诗人在通常由观画而恍如置身其境的描述之后，更推进一步："欲唤扁舟归去。"这使得人在暗笑他的傻劲之余，又不禁替诗人担心，如此下去怎个结局？及至看他半道里拉出一位"故人"来提醒，才放下心来，却又不禁为诗人的善于转圜而会心微笑。至于章法，则是在句与句之间运以似断仍连、一气转折的方法，打破六言诗体的呆板格局，而又利用其格局，使全诗既斩截又盘屈，具有与五、七言诗不同的审美情趣。黄庭坚善于推陈出新，世传有"夺胎换骨""点铁成金"之说，这不过是小小一例。

【注】

①"画夹"，画册。②"惠崇"，见苏轼《惠崇春江晚景》诗注。③"潇湘"，潇水和湘水，均在湖南省境内，北向流入洞庭湖中。"洞庭"，湖名，在湖南省北部、长江南岸。④"丹青"，中国画的别称。

泗州东城晚望① 秦观

渺渺孤城白水环，
舳舻人语夕霏间②。
林梢一抹青如画，
应是淮流转处山③。

【作者简介】

秦观（1049－1100），字少游，宋代著名词人。他的词被视为北宋词婉约派的代表，享有很高的声誉。而诗则因缺乏风骨，曾被讥为"女郎诗"。著有《淮海集》。

【今译】

环绕这孤零零的泗州城的，是一望无际的茫茫江水。／可以听见，停泊在暮霭中的大小船只飘荡着人的话语声。／至于树林子之上，像画师染成的一抹淡青色的，／应该就是淮河拐弯之处的一片青山吧！

【赏析】

这首诗的优点，是用很省俭的笔墨把泗州东城的景色特点概括出来，并且描写得很美。例如首句用一个"环"字，便写出泗州城四面环水的特点。又如次句只用七个字，就描绘出城边的大小船只、船上居民的活动以及苍然的暮色；末句以东城所见的淮河转弯处这一特有景观，推开一层，写出一种深远开阔的境界，都是既准确又生动的。

【注】

①"泗州"，在今江苏省盱眙县东北，已沉没在洪泽湖中。"泗"，读 sì。②"舳舻"（zhú lú），泛指船只。③"淮流"，淮河。

邗沟[①]　秦观

霜落邗沟积水清，
寒星无数傍船明。
菰蒲深处疑无地，
忽有人家笑语声。

【今译】

下霜天，邗沟的水面一片清澄。／天黑以后，无数寒星的倒影，围绕在我的船边。／菰蒲黑槭槭地、杂乱地丛生，使人疑心并没有河岸。／可是，就在静悄悄的夜色中，忽然有笑声和说话声传来……哦，那儿有一家子，挺快活呢。

【赏析】

客中孤寂无聊，却不说出，偏要借无数寒星，将它点缀得热闹、美丽；偏要借人家笑语声，写出温馨，令人向往。读者只有细心回味，才蓦然察觉。诗话有所谓"背面傅粉"之说，即从反面去描写，使正面的感染力收到加倍效果。此诗便是一例。

【注】

①"邗沟"，又名渠水、韩江、中渎水、山阳渎、淮扬运河、里运河，是联系长江和淮河的古运河，南起扬州以南的长江，北至淮安以北的淮河。

十七日观潮^①　　陈师道

漫漫平沙走白虹，
瑶台失手玉杯空^②。
晴天摇动清江底，
晚日沉浮急浪中。

【作者简介】

陈师道（1053—1101），字无己，宋代著名诗人。其诗师法杜甫，与黄庭坚、陈与义同为"江西诗派"的主要代表人物。著有《后山集》。

【今译】

潮水来时，在一望无际的沙滩上，像腾起无数白色的虹霓。／又仿佛神仙们在瑶台上宴饮，一不留神，把玉杯打得粉碎。／晴天忽然掉进了清江底下，和江水一起颤动摇荡。／连太阳也掉进去了，在那奔涌的浪头之间，乍沉乍浮……

【赏析】

七绝四句全是写景，很不讨好，可称一忌。但高明的诗人却不为所难。试看此诗，前面两句，用夸张的比喻手法，浪漫而又神奇；后面两句，用写实的直观手法，逼真而又警策。所以虽然四句都写景，读来却不会感到呆板、堆砌，而只觉其别有妙趣。此诗就是值得玩味的一例。

【注】

①"十七日"，指农历八月十七日。据说钱塘江的潮水以这一天最为盛大。②"瑶台"，传说神仙所居之白玉台。

示三子^①　　陈师道

去远即相忘，归近不可忍。
儿女已在眼，眉目略不省^②。
喜极不得语，泪尽方一哂^③。
了知不是梦，忽忽心未稳。

【今译】

　　当你们离开，去得远远时，我便把你们忘了；／当你们归来，越来越近时，我的思念便无法抑止。／如今，孩子们，你们已全部在我的眼前，／我却有点认生：这些脸不大像我记忆中的脸。／呵，你们已长大了！我高兴得说不出话来。／直到泪水不再流淌，这才醒觉，嘲笑自己——太动感情。／我很明白，你们回到我身边了，这不是梦。／可仍旧无法平静，一颗心扑腾扑腾地跳个不停。

【赏析】

　　因为家道贫穷，诗人不得不让妻子带着三个小儿随岳父到四川任上去过活。一家五口两地分居，就这样过了好几年。这首诗，则是诗人终于盼到父子团聚的时候，喜极而作。似这类从肺腑间流出的诗，确乎无须任何雕饰。这首诗的好处也正是如此，它侧重从诗人的情感起伏波澜着眼，深情挚爱泛溢字里行间，明白如话，自然动人。开头两句写平日隐藏着的思念，因孩子们归来的消息而冲开了闸门；次两句写父子相见，因数年离别而骤感生疏的真实情形，并使感情略作盘旋；再两句写父子相认，抱头痛哭，感情充分宣泄，达至高潮；最后两句写感情高潮过后的余波，既生动真切，又富有余味。

【注】

　　①"示"，出示。写（诗）给儿子们看。②"省"（xǐng），辨认。③"哂"（shěn），不以为然地笑。

感春　张耒

春郊草木明，秀色如可揽。

雨馀尘埃少，信马不知远。

黄乱高柳轻，绿铺新麦短。

南山逼人来，涨洛清漫漫[①]。

人家寒食近[②]，桃李暖将绽。

年丰妇子乐，日出牛羊散。

携酒莫辞贫，东风花欲烂。

【作者简介】

张耒（1054—1114），字文潜，号柯山，楚州淮阴（今属江苏）人。熙宁进士。历任临淮主簿等地方官，迁秘书省正字，官至起居舍人。受元祐党祸牵累，屡遭贬谪，晚年居陈州，主管崇福宫。其文章受苏轼赏识，为"苏门四学士"之一。

【今译】

春天的郊外，野草和树林青绿一片，多么鲜亮可爱，使人直想将它一把揽在怀里。／几天来下的雨还没干透，马走在路上，带不起多少尘埃。我随意蹓跶着，不知不觉，走了好远。／嫩黄、乱蓬蓬的枝条，在高高的柳树上轻扬；绿生生、遍布田野的新麦，绽出了短短的叶芽儿。／南山远远追随着我，又恍惚在向我步步逼近；洛水也追随着我，那一片清澄，涨得满满的。／村庄上，正在迎接寒食节的到来，绕屋的桃李树含苞待放。／去年丰收，妇女和孩子们吃饱了穿暖了，显得那么快乐。牛羊散布在山坡上，悠闲地吃草，早出的太阳，暖洋洋的……／噢，把新酿的春酒拿出来招待客人吧！不要怕寒碜。东风在吹，马上就是万紫千红、繁花似锦的好时光了。

【赏析】

雨后新晴，诗人骑马到城外郊游，满心喜悦，写下此诗作记。常言道："欢娱之辞难工，愁苦之言易巧。"其实也不能一概而论。只要是发自内心，源于真实，欢娱之辞又何尝不能美妙动人？此诗便是一例。

【注】

①"涨洛"，洛水，又称洛河，主河段在河南洛阳市。②"寒食"，春季的一个民间节日，在清明节前一两日，这一天禁烟火，只许冷食。传说源自纪念春秋时晋国名人介子推。

江上晚步　　潘大临
（四首选一）

波浪三江口①，风云八字山②。

断崖东北际，虚艇有无间。

卧柳堆生岸，跳鱼水捣湾。

悠然小轩冕③，幽兴满乡关。

【作者简介】

潘大临（约 1057－1106），字邠老。祖籍福建，后占籍黄州。应试不第，随父居汉阳，尝著书，名《左史》。晚年贫甚，游汴京，客死蕲春。

【今译】

三江口波浪浩渺，八字山风云变幻。／东北那边：断崖耸峙，气象峥嵘。向南望去：高帆远映，似有还无……／两岸生长的老柳，成堆地俯伏着；而江湾那边，跳鱼拨浪，不歇地撞击着，发出阵阵喧响。／漫步在这黄昏中，谁还想那出门为官的事呢？哦，家乡的美，教我心旷神怡！

【赏析】

潘氏本籍福建，由于父亲到湖北黄州任职，改而在黄州落籍，于是便视此地为"乡关"了。这首诗大约写在他尚未应试之前："悠然小轩冕，幽兴满乡关。"透露出年轻人信心满怀的意态。而开头四句气象弘阔，颇有盛唐气象，可以窥见这位江西派健将的才具不凡。然而，最值得一提的却是五六两句，诗人运用前三后二的句法（卧柳堆一生岸，跳鱼水一捣湾），营造出奇崛的效果，为全诗生色不少。

【注】

①"三江口"，镇名，在今湖北鄂州市华容区。②"八字山"，《晋书·戴洋传》："武昌土地有山无林……山作八字，数不及九。"此泛指武昌至鄂州一带的山。③"轩冕"，古代卿大夫乘轩车戴冠冕。此借指仕宦。

题灯　陈烈

富家一碗灯，太仓一粒粟①；
贫家一碗灯，父子相聚哭。
风流太守知不知②？唯恨笙歌无妙曲！

【作者简介】

陈烈（1088 年前后在世），字季慈，宋代诗人、学者。为人讲究道德修养，元祐时任福州教授，在职不受禄。人称"季甫先生"。

【今译】

有钱人家捐一碗灯，如同在巨大的粮仓里拿出一粒小米；／可是，贫穷人家捐一碗灯，就要弄得走投无路，抱头痛哭。／这一切，喜欢铺张热闹的太守老爷知不知道呵？／他一门心思，却只为筵席上没有好听的新曲子上演而发愁！

【赏析】

中国古代诗歌，自来就有"怨刺上政"的传统。老百姓就常常用民歌民谣来表示他们对政事的意见和呼声。在封建专制统治下，也有一些不惧权势、勇于为民请命的诗人，以诗歌作武器，与黑暗腐朽的恶势力作斗争。此诗就属于其中一首。据记载，在北宋元丰年间，贪官刘瑾出任福州太守，他想方设法搜刮民脂民膏。有一年适逢元宵灯节，刘瑾下令不管穷人富人，每户一律捐灯十盏，弄得贫苦百姓走投无路、愁怨号哭。诗人目睹种种悲惨情状，愤然作诗，题写于城门鼓楼悬挂的灯上，替他们发出控诉。诗虽简朴无华，但措辞尖锐，爱憎分明，锋芒所向，毫不含糊。可以想见当时确使老百姓感到出了一口气。

【注】

①"太仓"，京城储粮的大仓库。②"太守"，一郡或一州行政的最高长官。

息虑轩诗① 饶节

雨暗藤经屋，春深草到门。
客来非问字②，鹤老不乘轩③。
花气翻诗思，松声撼醉魂。
呼儿换香鼎④，趺坐竟黄昏⑤。

【作者简介】

饶节（1065－1129），字德操，法名如璧，抚州临川（今江西抚州）人。中年出家，晚年主持襄阳天宁寺，有声望。

【今译】

紫藤攀缘的房子，下雨天显得愈加昏暗；／暮春时节，青青的野草一直长到了门前。／偶尔也会有访客，却不是为了请教学问。／自养的鹤已经衰老，更没有趾高气扬的样子。／嗅着园中的花香，心里动起作诗的念头。风吹松枝沙沙作响，仿佛在摇撼醉意朦胧的心魂。／我叫儿子换上一炷香，／盘腿端坐，就这样默默地坐到黄昏。

【赏析】

起二句写息虑轩，字斟句酌。三四句写人物，运典随意。后四句写诗人自己，用诗、酒、坐禅来刻画，更借花气、松声、香鼎等加以烘托，遂将题意勾勒圆足。此诗法度甚深，反映了五言律诗到江西派手里又下了一番功夫。

【注】

①"息虑轩"，诗人居所。息虑，摒除俗虑。②"问字"，汉学者扬雄能识古文奇字，故常有人登门请教。③"鹤乘轩"，春秋时卫懿公好养鹤，封鹤为大夫，并让它们乘轩车。④"香鼎"，三足香炉。⑤"跌坐"，盘腿而坐。

临平道中^①　　道潜

风蒲猎猎弄轻柔^②，
欲立蜻蜓不自由。
五月临平山下路，
藕花无数满汀洲^③。

【作者简介】

道潜（约 1070－1130），字参寥，宋代诗僧。诗风清新秀逸，得苏轼称赞。著有《参寥子集》。

【今译】

风吹着蒲草，沙沙作响，柔和地飘舞着。／蜻蜓想要停在上头，它尝试着，却不成功。／真教人陶醉呵，五月的临平山下这旅途。／数不清的荷花开满了一望无际的汀洲。

【赏析】

齐白石的花鸟草虫作品，常可见这样处理的：一棵大写意的花卉，配上一只精致的工笔草虫。画家的用心很巧妙，因为这样处理可以留给读者较多想象的余地。同样的手法也被运用于本诗中，首二句写一只蜻蜓想停在蒲草上这么一个生动的细节，与末句"藕花无数满汀洲"这样一个阔大的背景结合起来，五月临平道中的胜景不是显得格外使人神往吗？

【注】

①"临平"，山名，在今浙江省杭州市东北。②"蒲"（pú），一种水草，叶形狭长。③"汀洲"，水边低地。

余自并州还故里，馆延福寺。寺前有小溪，风物类斜川，儿童时戏剧之地也。尝春深独行溪上，因作小诗^①　惠洪

小溪倚春涨，攘我钓月湾。
新晴为不平，约束晚见还。
银梭时泼剌，破碎波中山。
整钩背落日，一叶嫩红间。

【作者简介】

惠洪（1071—1128），俗姓彭，字觉范，筠州新昌（今江西宜丰）人。能文能诗，住峡州天宁寺。坐累还俗，复为僧。因与权臣张商英交好，窜海南。北归卒。

【今译】

小溪倚仗春雨天水涨，／把我月下垂钓的河湾淹没了。／新到的晴天为我抱不平，／把它管束住，傍晚时，又将河湾还给了我。／银梭似的鱼儿，时或泼刺一跳，／把青山的倒影搅碎。／背着夕阳，整理好鱼钩／——我让一叶轻舟驶入那嫩红的波光之间。

【赏析】

此诗前四句用拟人手法，描写寺前小溪因春雨而涨，因转晴而落。后四句以银梭喻溪鱼，一叶喻小舟，以破碎写山影，嫩红写夕照。全诗始终不失谐趣，恍见诗人童心如故。

【注】

①"并州"，今山西太原。"故里"，指江西抚州。"馆"，旅馆。此作动词，指暂住。"延福寺"，在今抚州白舍镇望天村。"斜川"，在今江西星子、都昌二县境内。"戏剧"，做游戏。

山阴秋深石莱舟写山

重过鸿仪寺^①　　晁冲之

秋色遽如许，寒花奈若何。
客行伤老大，野次记经过^②。
废圃犹残菊，枯池但折荷。
吾生与物态，天意岂蹉跎。

【作者简介】

晁冲之（约 1072—？），字叔用，号具茨先生。济州钜野（今山东巨野）人。"苏门四学士"之一晁补之从弟，尝任承务郎，绍圣初因遭党祸，隐居具茨山。徽宗时屡荐，不起。

【今译】

秋天的降临是如此仓促，秋风瑟瑟，／柔弱的花儿你可怎么办啊？／浪游四方，只觉得自己又衰老了不少。／踏进寺门，蓦然记起前度经过的时光。／如今，菜园子早被丢荒，几朵菊花依着篱笆摇曳。／池塘干涸见底，满池荷花只剩得断梗残枝。／我的人生不也正如这破败的庙宇？／老天爷，难道你要让我落个一事无成么？

【赏析】

晁氏虽怀抱负，却因为遭遇绍圣党祸，流落江湖，不得伸其志。此诗当是这一时期所作。借着秋天的衰飒和寺院的荒废景色，夹叙夹议，朴实无华，将满腔悲愤抒写得十分感人。

【注】

①诗人早前游寺有诗曰："折苇枯荷倒浦风，黑云垂雨挂长虹。山僧坐养池鱼看，不许游人学钓翁。"这次再游，寺庙已经败落无人。②"野次"，郊游所到。

病牛　李纲

耕犁千亩实千箱①，
力尽筋疲谁复伤？
但得众生皆饱暖②，
不辞羸病卧残阳③。

【作者简介】

李纲（1083－1140），字伯纪，宋代抗金英雄。南宋建立之初，一度出任宰相，刷新政治，规图北伐，后为投降派中伤，赍志以殁。著有《梁溪集》。

【今译】

耕犁过上千亩土地，收获的粮食足可装满成百上千的车厢。／如今它累得筋疲力尽，可是，有谁来怜惜照顾呢？／哦，只要人们都能吃得饱、穿得暖，那么／虽然生病，瘦成一把骨头，孤独地躺着等待死亡，也心甘情愿！

【赏析】

略略查考一下就可知道，古代诗歌中称赞牛的作品委实不多，而称赞耕牛品格的更是寥寥无几。李纲这首诗，几可谓之首创。在他之前，杜甫曾咏叹过病马，借以比况自己，所谓"哀鸣思战斗，迴立向苍苍""谁家且养愿终惠，更试明年春草长"。李纲之咏病牛，意亦仿此。诗先以病牛的劳绩之巨与受到的待遇之微作对比，然后再推进一层，突出展示了耕牛鞠躬尽瘁、死而后已的品格，使读者于感慨不平之中更深刻领略到耕牛品格的崇高可敬！牛，确是最合于这品格的象征动物。只有追慕而且付诸实践的具有相同品格的人，才会发现并选择它来自比。李纲是借以披露其一片赤诚的爱国之心的，确实无愧于此。

【注】

①"实千箱"，收获的粮食装满许多车厢。箱，车厢。②"众生"，各种有生命者，此指人类。③"赢"（léi），瘦弱。

苏秀道中①，自七月二十五日夜大雨三日，
秋苗以苏，喜而有作　　　曾几

一夕骄阳化作霖，梦回凉冷润衣襟。
不愁屋漏床床湿，且喜溪流岸岸深。
千里稻花应秀色，五更桐叶最佳音。
无田似我犹欢舞，何况田间望岁心！

【作者简介】

曾几（1084－1166），字吉甫，宋代诗人。其诗学黄庭坚，而诗风颇轻快，对陆游、杨万里都有影响。著有《茶山集》。

【今译】

一夜之间，似火的骄阳化为倾盆大雨。／我从梦中惊醒，只觉凉爽的湿气直透衣襟。／因为屋漏，每张床都淋湿了，我却毫不发愁。／相反，我高兴地想象着，那些干涸的河床一下被雨水涨满的情景。／重要的是，这场雨将使千里稻田复苏，及时地扬花抽穗。／在我听来，那彻夜不停的桐叶上的雨声，乃是最动人的音乐。／我，只是个过路人，在这里并没有田地，尚且如此欢欣鼓舞，／更何况广大的种田人，在他们那渴望着丰收的心里哟！

【赏析】

杜甫在因为大雨屋漏而不能安眠的时候，想到的是"安得广厦千万间，大庇天下寒士俱欢颜"。诗人在因为大雨屋漏而无法入睡时，想到的是千里受旱的禾苗复苏，苦旱的农夫欣喜若狂的情景。他们都没有囿于一己之苦乐，而显示出"先天下之忧而忧"的可贵精神。诗以言志，一首好诗，应该有高尚之志，此诗给予我们的启示也在于此。

【注】

①"苏秀"，苏州（今江苏省苏州市）和秀州（今浙江省嘉兴市）。

绝句 李清照

生当作人杰，
死亦为鬼雄。
至今思项羽①，
不肯过江东。

【作者简介】

李清照（1084—1151），宋代著名女词人。早期作品才华风发，传诵于时；南渡后，抒发破家亡国之思，深沉凄婉。著有《漱玉集》。

【今译】

活着，要做一个出类拔萃的人物；／死去，也要做一个鬼中的英雄。／呵，项羽！到如今你还使人深深地怀念，／宁肯战死，也绝不逃过江东去。

【赏析】

自从《史记》用同情的态度生动地描述了项羽这位秦末起义军中的英雄人物以后，咏叹之作，代不乏人。然而李清照的这首诗却与别不同。在宋朝文武大臣尸位素餐，坐视半壁河山沦于敌寇的现实面前，诗人这一曲悲歌，便格外声情悲壮，感慨深沉了。

【注】

①"项羽"，秦末起义军中的杰出领袖。率领起义军击溃了秦军主力部队，并成为各路起义军公认的首领。秦亡后，与刘邦领导的汉军争夺天下，失败自杀。临死前，拒绝了逃往江东的建议。本诗即据此而作。

春日即事　李弥逊

小雨丝丝欲网春，
落花狼藉近黄昏。
车尘不到张罗地①，
宿鸟声中自掩门。

【作者简介】

李弥逊（1085—1153），字似之，号筠溪翁。苏州吴县（今江苏苏州）人。大观三年（1109）进士，任单州司户，累官至起居郎。性耿直，以言事贬官二十余年。又以试户部侍郎忤秦桧，夺职十余年，遂隐居。

【今译】

如丝的细雨织成一张网，想要把春天挽留。／狼藉的落花在黄昏时分，看上去愈加黯淡。／昔日官场的朋友，没人会上我这儿来探望。／于是，关起门来，任由宿鸟在枝头声声呼唤。

【赏析】

"诗眼"一词，诗评家用来指示一首好诗中的亮点，也即其中最出彩之处。比如本诗的"诗眼"，在第三句"车尘不到张罗地"。何以这么说？因为这一句折射出诗人内心的愤懑以及不肯屈服的性格，使全诗的精神调动起来了。试忽略此句去看本诗，就会发现那只是在记述春末一个普通的黄昏场景而已。

【注】

①"张罗地"，古人形容门庭冷落，说是"门可罗雀"。该句反其意，说自己得以图个清静。

雨过 陈与义

水堂长日净鸥沙，
便觉京尘隔鬓华。
梦里不知凉是雨，
卷帘微湿在荷花。

【作者简介】

陈与义（1090－1138），字去非，号简斋。洛阳人。政和三年（1113）登第，任文林郎、太学博士、著作佐郎、符宝郎等职。南渡后官至翰林学士知制诰、参知政事。

【今译】

整天待在水堂，静对着一片白净的沙滩，还有鸥鸟。／就觉得那近在咫尺的、京城的尘嚣，已然烟消云散。／睡梦中，只觉凉意侵肤，／爬起来卷帘望去，才知道刚下过雨，几枝荷花正在风中盈盈摇曳，还沾着淡淡水痕……

【赏析】

七言绝句，要紧的是最后一两句能出彩。此诗出色之处也在后头：雨已经下过了，只剩下人感觉到的"凉"和荷花上的雨痕。读至此，自会感觉一片清凉荷香拂面而来，令人心旷神怡！但若就整首诗看，其实还不止于此。第二句的"京尘"和"鬓华"，透露了诗人对京城喧嚣的厌倦和人生易逝的感喟，把全诗的内蕴深化了，而不仅仅是刻画雨后风景。

望太行 曹勋

落月如老妇，苍苍无颜色。
稍觉林影疏，已见东方白。
一生困尘土，半世走阡陌。
临老复兹游，喜见太行碧。

【作者简介】

曹勋（1098—1174），字公显，号松隐，阳翟（今河南禹县）人。北宋末为阁门宣赞舍人。从徽宗为虏，受半臂绢书，逃归。曾上书请救，不果。绍兴中三度出使金国，迎归韦太后。孝宗时加太尉，卒。著有《松隐文集》。

【今译】

西沉的月亮，蹒跚着，像个老妇人，/苍白的脸，没有一点儿血色。/黑樾樾的树林，影子开始显得稀疏，/一转眼间，太阳就从东方升了起来。/唉，我这一生被困在尘土之中，/半辈子都在路途上奔走。/如今，已经年过四旬，又受命北行，/见到太行山这一片苍翠，却似故友相逢，禁不住喜上心头。

【赏析】

把落月比作老妇，乍一看，还误以为是受了西方文化影响的现代人所作。它实在太有现代派趣味了！从中可以窥见，诗风发展到宋代，变化程度之深广。但诗人并未将这奇特的念头延续下去，由第三句以后又复归常态了。所以我想，这偶然冒出来的比喻，大约是他北行出使，感念故国之心的反映吧！在金朝统治下的原属北宋疆土的社会，岂不就像一个面色惨白的老妇么？

游山西村　陆游

莫笑农家腊酒浑，丰年留客足鸡豚。

山重水复疑无路，柳暗花明又一村。

箫鼓追随春社近^①，衣冠简朴古风存。

从今若许闲乘月，拄杖无时夜叩门。

【作者简介】

陆游（1125－1210），字务观，宋代大诗人，著名的爱国主义者。其诗兼有豪迈浪漫与清新工稳两种风格，卓然成一大家。著有《剑南诗稿》。

【今译】

不要讪笑种田人家酿的腊酒浑浊吧，他们是那么热情。／在丰收的年景，他们会用足够的鸡呵、猪呵来款待客人。／翻过一重又一重山坡，蹚过一道又一道溪水，我怀疑我迷了路。／可是，那村子忽然出现了，它就在茂密的柳林、明艳的山花丛中。／传过来一阵箫笛锣鼓声，那是在为春社祭典举行排演。／村子里人们的穿着简单朴素，保存着古老的风俗。／我喜欢这一切！今后如果允许的话，我将悠闲地踏着月色，／拄着手杖，没日没夜地来敲响你们的家门。

【赏析】

此诗章法别出心裁。先写在山西村受到热情招待，然后才回过头来写游山西村的经过及抵达时的所见，最后以发表自己的感想作结。这样处理，通过一首一尾，突出地抒述了对山西村（同时也是对隐居乡间的生活）的深厚感情；而把"游"的经过浓缩为两联放在中间，省却了许多交代，反而显得简洁生动。此诗历来被视为七律名篇，并不仅仅是因为"山重水复疑无路，柳暗花明又一村"这极优美真切的一联。

【注】

①"春社"，农家在春天向土地神献祭，祈求一年丰收的节日。

金错刀行^①　陆游

黄金错刀白玉装，夜穿窗扉出光芒。
丈夫五十功未立，提刀独立顾八荒^②。
京华结交尽奇士，意气相期共生死。
千年史策耻无名，一片丹心报天子。
尔来从军天汉滨，南山晓雪玉嶙峋^③。
呜呼！楚虽三户能亡秦，岂有堂堂中国空无人！

【今译】

　　用黄金和白玉装饰的这口宝刀呵，/ 每到夜里它的光芒便直透出窗外。/ 男子汉到了五十岁还未建功立业，/ 我持着这刀在茫茫的天地间守望。/ 在京城，我结识了一群杰出的人物，/ 彼此意气相投，发誓生死与共。/ 要干一番事业，在千年史册上留下美名。/ 国难当头，要献出一颗红心，报效皇上。/ 就这样，我们报名参军，开赴到这汉水之滨的前线。/ 终南山拂晓时下过雪，远望有如层叠累积的白玉。/ 呵，呵！当年楚国只剩哪怕三户也要奋起灭亡秦国。/ 伟大的中国，怎么会没有驱除敌寇、光复失土的人物呵！

【赏析】

　　诗人以金错刀起兴，写出一片杀敌立功、匡复中原的壮志。"丈夫五十功未立，提刀独立顾八荒。"五十而知天命，五十岁，在一般人眼中已是垂暮之年，不复考虑有所作为的了。然而，诗人却还是雄心勃勃、热血沸腾。这是因为其自觉地肩负起国家民族兴亡重责的缘故，正是这种伟大的爱国主义精神使诗人谱写了数不尽的激动人心的不朽诗篇，令后人作出"亘古男儿一放翁"的高度评价。

【注】

　　①"金错刀"，以黄金镶嵌于刀上，饰成花纹，名为金错刀。②"八荒"，四海九州。③"南山"，终南山。"嶙峋"（lín xún），山石积叠貌。

临安春雨初霁① 陆游

世味年来薄似纱②，谁令骑马客京华③？

小楼一夜听春雨，深巷明朝卖杏花。

矮纸斜行闲作草，晴窗细乳戏分茶④。

素衣莫起风尘叹，犹及清明可到家。

【今译】

近年以来，我对世俗交往的兴趣真是淡泊得很。/ 是什么缘故，使得我骑上马，跑到京城这个交际中心来了？/ 夜晚，躺在阁楼上，倾听着屋檐外下个不停的春雨。/ 早晨，又听那深巷中悠悠响起"卖杏花"的叫卖声。/ 就这么一直躲在客房，随便就着纸头歪歪斜斜地练习草书；/ 不然便在放晴的窗下，对着杯子里的茶泡沫，玩一会儿分茶的功夫。/ 莫要叹息，说洁白的衣裳被世俗的风尘玷污了吧，/ 过不了几天我就要走的，等回到山阴老家，还可以赶上过清明节呢！

【赏析】

这首诗，历来以其中"小楼"一联而备受称扬。体物入妙，是陆游在高言大句之外，令人刮目相看的另一本领。就如此联，从一个优美动人的小小景观，生动地捕捉住了南宋京城临安春天时节特有的情味，确实要为之击节叹赏！不过，倘若从整首诗来看，真正动人和描写得深入细腻的，却是诗人讨厌官场应酬的虚伪猥鄙、眷恋乡间生活的质朴率真那样一段情怀。仅仅称道"小楼"一联，不免使人有"断章取义"之感。

【注】

①"临安"，南宋的京城，即今浙江省杭州市。"初霁"，雨后放晴，"霁"，读 jì。②"世味"，对人世的兴味。③"客京华"，来京城作客。④"细乳"，指茶的泡沫。"分茶"，一种区分茶的品第的技术性活动。

秋夜将晓，出篱门迎凉有感 陆游

三万里河东入海，
五千仞岳上摩天①。
遗民泪尽胡尘里②，
南望王师又一年③！

【今译】

三万里的黄河奔腾不息，滔滔东去流入大海，／五千仞的华山拔地而起，巍巍高耸直上云天。／中国北方大地上的同胞呵，在胡人的淫威下流干了眼泪。／他们盼望光复失土的解放大军，又眼巴巴地盼了一年！

【赏析】

沦于敌手的祖国壮丽河山，和挣扎在异族统治者铁蹄下的千百万人民，是诗人心中时刻不能忘却的。即便是在极平常的一天拂晓出门迎凉之际，这些也会挟带着激动人心的记忆，如同怒潮般涌上他的心头。我们从这首小诗中所看到的奔泻万里、立地擎天的气势，即可想象诗人胸中汹涌澎湃的激情。鲁迅尝言："一切所谓圆熟简练，静穆幽远之作，都无须来作比方，因为这诗属于别一世界。"我觉得移用来评论陆游此诗，也很合适。

【注】

①"五千仞"，古时以八尺为"一仞"（rèn），此言其极高，与上句"三万里"同为夸张的形容。②"遗民"，沦陷区的老百姓。"胡尘"，指异族侵略者的统治。③"王师"，指宋朝的军队。

示儿^①　　陆游

死去元知万事空^②，
但悲不见九州同^③。
王师北定中原日^④，
家祭毋忘告乃翁。

【今译】

一个人死去，对他来说世上的一切便告完结，这个我很清楚。／可是，我仍旧为自己见不到祖国的统一而深深地悲伤。／孩子呵，等到我们的大军北伐成功，光复中原那一天，／你可记住，举行家祭典礼的时候，别忘了把这喜讯禀告你的父亲！

【赏析】

这是诗人临终之前所作的最后一首诗，写于南宋宁宗嘉定二年十二月二十九日，这可以说是他长达八十四年的人生旅途，与近万首诗歌创作的一个闪光的终结。由这首诗，后人可以想见诗人伟大的爱国主义情怀，在个人的一切止息以后，仍将长存于祖国的天地之间，激励和鼓舞着人们为祖国的自由、统一和繁荣昌盛而努力奋斗。

【注】

①"示儿"，写给儿子。②"元"，同"原"。③"九州"，古代中国的别称。④"王师"，指宋朝军队。

四时田园杂兴　范成大

（选一）

昼出耘田夜织麻①，
村庄儿女各当家②。
童孙未解供耕织，
也傍桑阴学种瓜。

【作者简介】

范成大（1126－1193），字致能，宋代著名诗人。与陆游、杨万里等齐名，为"南宋四大家"之一。其诗清新温雅，尤以《四时田园杂兴》等田园诗著名。著有《石湖诗集》。

【今译】

白天上大田里中耕除草，夜晚在家里头织制麻布。／这些村里的年轻人哟，俨然是一副当家作主的模样。／至于年幼的孙字辈，还不晓得种田织布的事儿，／却也聚在一起，躲到桑阴下去学大人们种瓜秧子呢！

【赏析】

种田人家一年到头起早贪黑辛勤劳动，这本来是极平常、为人所熟知的事。作者此诗的好处，是善于捕捉其中富有情趣、弥足动人的素材。如写日耕夜织的忙碌，不去写青壮年，而去写尚未成年的少男少女，写他们自视为"当家人"的一本正经的憨态；又如写摹仿长辈、以种瓜作游戏在桑树底下嬉闹的儿童，更为全诗增添了活泼泼的田园情趣。范成大的田园诗，每每能从平淡之中揭出生活的情趣来，所以一直受到人们的喜爱。

【注】

①"耘田"，中耕除草。②"当家"，担负家庭里的一份工作。

小池 杨万里

泉眼无声惜细流，
树阴照水爱晴柔。
小荷才露尖尖角，
早有蜻蜓立上头。

【作者简介】

杨万里（1127—1206），字廷秀，宋代著名诗人。与尤袤、范成大、陆游并称为"南宋四大家"，一生作诗二万余首，是我国历史上作诗最多的诗人之一。其诗善用口语俗语，清新别致，在当时及后世都有较大影响，世称"诚斋体"。著有《诚斋集》。

【今译】

泉眼冒出涓涓细流，无声地、可爱地流淌着；/ 阳光透过树荫洒落在水面上，明亮而又轻柔。/ 一个荷花骨朵，小小的，刚露出它的顶尖儿；/ 马上就有一只蜻蜓飞过来，在它上面歇脚。

【赏析】

画家在把画大体画出之后，便要考虑如何进行点染。点染不点染，点染得是否得当，常常成为一幅画成败的关键。在诗人所"画"的这幅图画里，就用了后面两句来作"点染"。在水面上露出一点点的荷花骨朵上，站着一只机灵的蜻蜓。这种景象是大家所熟悉的。把它放在波光闪烁、树荫隐映的大背景之中，便大大增强了亲切逼真之感。但作者的本领还不止于此，他透过一个"才"字和一个"早"字，使小荷与蜻蜓之间平添了一种拟人的情趣，令读者对蜻蜓那种急不及待的轻狂举动感到滑稽可笑。而通过这一点染，作者对待生活的幽默感便不知不觉地传染给读者，从而使小池立时变得生机蓬勃、情趣盎然了。

鸦　杨万里

稚子相看只笑渠①，
老夫亦复小卢胡②。
一鸦飞立钩栏角③，
仔细看来还有须。

【今译】

孩子们看见了它，全都笑起来了。／连我这老头儿也忍不住暗自发笑。／这只乌鸦飞落在栏杆拐角的上头，／仔细一看，嘿，它那下巴颏上居然长着胡子呢！

【赏析】

杨万里是一位颇有幽默感的诗人，他很善于发掘生活中的小情趣，并以平易显浅，往往是近乎口语的语言把它表现出来。像这首诗，从写乌鸦而到写"胡子"，就不是一般诗人所能顾及的。它需要对生活有着近乎"童真"那样的活泼心态，以及对自然万物的由衷喜爱。读着这样的诗，我们甚至可以想象出这位杨老头儿，在孩子们当中怎样眯缝着眼，指指点点，并且发出咭咭的笑声来。

【注】

①"稚子"，小孩子。"渠"，他。此指鸦。②"老夫"，诗人的自称。"卢胡"，从喉间发出的笑。③"钩栏"，随屋势高下曲折的栏杆。

插秧歌　杨万里

田夫抛秧田妇接，小儿拔秧大儿插。

笠是兜鍪蓑是甲^①，雨从头上湿到胛^②。

唤渠朝餐歇半霎^③，低头折腰只不答。

秧根未牢莳未匝^④，照管鹅儿与雏鸭。

【今译】

农夫在这头抛递秧苗，农妇在那头接过堆好；／他们的小儿子在秧地里拔秧，而大儿子在水田里插秧。／一家子如同训练有素的军队，竹笠是头盔，蓑衣是铁甲衣。／春雨下个不停，雨水从头上一直湿到了肩背。／送饭的来了，呼唤大家来吃早饭，稍稍歇一会儿。／大家却只顾低着头、弯着腰，谁也不来理睬。／眼下，秧刚插下去，根子还没长牢，秧也还未插完呢。／可得留神照看鹅儿和小鸭子，莫让它们搅坏了。

【赏析】

体力劳动往往是机械而辛苦的。但劳动歌吟却往往显得轻松愉快，那是因为它能冲淡减轻辛苦劳动的心理压力的缘故。杨万里的这首诗歌也不例外。在诗人笔下，劳动的机械化成具有滑稽感的诗的节奏：句句押韵本来就加强了节奏感，而特意选择"短促急收藏"的入声韵，又使得节奏鲜明突出，韵脚字的选择也紧密配合，这些强调便构成了滑稽之感。另外，辛苦情状的描述也被各种方式滑稽化了：田夫、田妇、大儿、小儿的流水作业；蓑与笠和头盔甲胄的巧譬；插秧者紧张劳动的幽默性描写；俗而能雅的口语运用，等等。以上这些特点，读者倘若出声将此诗歌念上一遍，当可更深领会。

【注】

①"兜鍪"（dōu móu），古代军人用的头盔。"甲"，古代军人用的护身铁衣。②"胛"，肩胛。此指肩背部。③"渠"，他。"半霎"，半晌，一会儿。④"莳"（shì），插（秧）。"匝"（zā），完成。

晓出净慈寺送林子方① 杨万里

毕竟西湖六月中，
风光不与四时同。
接天莲叶无穷碧，
映日荷花别样红。

【今译】

　　眼下到底是西湖六月，这一年当中最好的时节。／你瞧，西湖的风光与其他季节相比就是不同：／莲叶展开无穷无尽的碧绿，一直铺到天上去；／荷花在明丽的艳阳映照之下，那红色美得难以形容。

【赏析】

　　假如捂住题目，谁也不会相信此诗是送别之作，也丝毫看不出诗中蕴含着惜别之情。然而诗题确实告诉读者：诗是别诗，中含别情。既然如此，就让我们试着来寻味一下吧！作者在诗中写了什么呢？他描写了拂晓净慈寺周遭的风景，他的朋友大约原来即寄住在此间，并且即将由此动身上路。作者在诗中刻意描绘寺院环境之优美，又特地提醒眼下时节之难得，而把对友人的挽留之意、深挚之情巧妙地寄寓其中。哦，眼下可是一年之中最好的时节呢，你不再住上个十天半月，真是太可惜了！你瞧瞧这光景是多么优美，这可是别具一格，不可多得的呢！留下来，再住上些日子吧！寻味至此，古人评诗之所谓"不著一字，尽得风流"便很自然就跃上心头，令人豁然解悟。至于诗题对诗之不可或缺，此诗也是个突出的例子。

【注】

　　①"净慈寺"，位于今浙江省杭州西湖畔，为著名佛寺之一。"林子方"，人名，诗人的朋友。

观书有感① 朱熹

半亩方塘一鉴开②，
天光云影共徘徊③。
问渠那得清如许④？
为有源头活水来。

【作者简介】

朱熹（xī）（1130－1200），字元晦，宋代大哲学家。与二程（程颢、程颐）共同创立了理学，世称"程朱学派"。他又是大教育家，从事教育五十余年。理学在明、清两代被提到儒学正宗的地位，产生了极大的影响。著有《晦庵先生朱文公文集》。

【今译】

半亩见方的池塘，如同一面明镜打开着。／日月星辰的光辉、云的影子，都在它里面搔首弄姿。／如果要问，这池塘怎么能够如此清澈？／那是因为，它有着活泼泼的、永不枯竭的泉源。

【赏析】

诗人将读书使人明白事理、心思开通，用比喻的手法，写成一方池塘，由于不断有新鲜的活水补充，故能保持明净朗洁。这么一首劝学诗，后来被选入《千家诗》中，广为传诵。但我们必须知道，书固可教给人道理，却还不是真正的"源头活水"。实践出真知，只有在实践中加以运用和检验，书本知识才能发挥上述功效。

【注】

①"观书"，读书。②"鉴"，镜子。③"徘徊"（pái huái），往来移动。④"渠"，他。此指方塘。

除夜自石湖归苕溪^①　姜夔

笠泽茫茫雁影微^②，
玉峰重迭护云衣。
长桥寂寞春寒夜^③，
只有诗人一舸归。

【作者简介】

姜夔（kuí）（1155－1221），字尧章，宋代诗人。诗词均有名于世，而词名尤著。其诗糅合江西、晚唐而自成风格，清新工稳又风流蕴藉。著有《白石道人诗集》。

【今译】

太湖上笼罩着茫茫夜色，大雁的影子已不复可见。／积雪的远山重峦叠嶂，浮云像衣裳般包裹着它们。／在垂虹桥这个寂寞而寒冷的初春夜晚，／只有我，一位诗人，独自乘坐小船赶回家去。

【赏析】

太湖似乎已经了无生气，群山也在白云间隐蔽起来，在这一年中最后的夜晚，大自然竟是如此萧条冷落！但这一切却未能使诗人沮丧泄气，他反而在这寒冷与寂寞中领略到了一种遗世独立的美妙意趣，并且写下了这样一首优美的诗篇。

【注】

①"除夜"，除夕之夜。"石湖"，在今江苏省苏州市西南。"苕溪"，在今浙江省湖州市，"苕"，读 tiáo。②"笠泽"，太湖的别称，在江苏省南部。③"长桥"，即垂虹桥，在今江苏省吴江区松陵镇。

过垂虹① 姜夔

自作新词韵最娇，
小红低唱我吹箫②。
曲终过尽松陵路③，
回首烟波十四桥。

【今译】

我自己新近写作的歌词，它的押韵听起来竟是如此风情摇曳！／小红压低了嗓子曼声唱着；我呢，吹一管洞箫，为她伴奏。／一曲唱完，长长的松陵路也正好走到了尽头。／我回过头去，只见那十四座桥，正脉脉含情地横在烟光波影之中。

【赏析】

读到此诗后面两句，很自然地就使人想起"曲终人不见，江上数峰青"那传诵人口的唐人佳句。它们之间无疑有着某种汲取借鉴的关系。但如果细加品味，两者的风调情致又迥乎不同：唐诗《湘灵鼓瑟》给人的是清新淡远的情调、广袤邈远的境界；而此诗则是缠绵迷惘的情调、浓至蕴藉的境界。前者表现的是诗人对神话人物与大自然的可望而不可即的隔阂感；后者表现的是对人生易逝、好景难留的强烈的依恋意识，自然环境与诗人的心境浑融一体。学习前人而不被前人束缚，是江西派诗法的无上境界，姜氏可谓深得此中三昧。

【注】

①"垂虹"，桥名，参看《除夜自石湖归苕溪》诗注。②"小红"，诗人的女伴，是一位歌伎。③"松陵"，地名，即今江苏省吴江区。

题临安邸^①　林升

山外青山楼外楼，
西湖歌舞几时休^②？
暖风熏得游人醉，
直把杭州作汴州^③！

【作者简介】

林升（1180 年前后在世），生平事迹不详。

【今译】

青山之外又有青山，酒楼之外又有酒楼。／西湖的歌筵舞席哟，什么时候方才罢休？／和暖的春风，熏得游玩的人们喝醉一般；／他们全都稀里糊涂的，径直把杭州当作了汴州！

【赏析】

爱国主义诗歌，既可以直抒胸臆，激昂慷慨，如陆游。也不妨有旁敲侧击、嬉笑怒骂之作。如林升此诗，讥讽西湖上终日征歌逐色、醉生梦死之徒，错把杭州这一南宋偏安的小朝廷的京城，当作宋朝立国时定都的汴京。其鞭挞之深刻，可谓入木三分，难怪能够传诵千古。

【注】

①"临安"，今浙江省杭州市，在南宋时是京城。"邸"（dǐ），旅舍。②"西湖"，指杭州西湖。③"汴州"，今河南省开封市，在北宋时是京城。"汴"，读 biàn。

江村晚眺　　戴复古

江头落日照平沙，
潮退渔船搁岸斜。
白鸟一双临水立，
见人惊起入芦花。

【作者简介】

戴复古（1167—？），字式之，号石屏。台州黄岩（今属浙江）人。一生不仕，漫游四方，晚年隐居故乡，年八十余卒。著有《石屏集》。

【今译】

西下的斜阳把昏黄洒落在长长的沙岸上，／潮水悄悄退去，被搁浅的渔船，歪倒一边。／一双羽毛雪白的水鸟正在水边窥伺，／见有人走来，便骤然飞起，远远地落到芦花丛中。

【赏析】

寻常小景，能够写得如此生动幽美，善于运用动词是一个窍门。你看：（日）落、照（沙）、（潮）退、搁（岸）、（船）斜、（鸟）立、见（人）、惊、起、入（芦花），总共十个动词，错落杂出，而又精准妥帖。把太阳、潮水、渔舟、沙鸥、芦苇丛这些自然事物编织起来。这，就是诗的技巧，诗人的本领。

有约　　赵师秀

黄梅时节家家雨，
青草池溏处处蛙。
有约不来过夜半，
闲敲棋子落灯花。

【作者简介】

赵师秀（1170－1219），字灵秀，号天乐。永嘉（今浙江温州）人。南宋绍熙元年（1190）进士，曾任上元主簿、筠州判官等职。为南宋诗派"永嘉四灵"之首。

【今译】

黄梅时节，绵绵细雨笼罩着每一处人家，／青草长满了池塘，喧噪的蛙声四处传响……／早约好了朋友，谁知夜晚过了一半，仍旧不见他出现。／我百无聊赖地敲着棋子。灯影里，不时爆落几星烛花。

【赏析】

记述闲居的趣味，是诗人之所长。你看他写朋友失约，四句诗中不见长思短叹，只平平道来：檐上的梅雨，池塘的蛙声，灯下的棋子。提及爽约的第三句，也只是交代其事而已。诗人得意的正是这平淡中流露出来的情趣！就如诗话所言："羚羊挂角，无迹可求。"

拟梢飞瀑

入京道中曝背①   裴万顷

露湿芳桃半未干,
花时全似麦秋寒。
征衫不敌东风力,
试上邮亭曝背看。

【作者简介】

裘万顷（？—1222），字元量，号竹斋，洪州新建（今江西南昌）人。淳熙间进士。授乐平簿。嘉定六年（1213）召除吏部架阁，迁大理司直，寻出为江西抚干。后隐居复出，旋卒。有《竹斋诗集》传世。

【今译】

晓露打湿的桃花，芳气盈溢，一多半还未曾被吹干，湿漉漉的。／已是阳春三月，却像深秋麦收时节，寒气瘆人。／这趟出门，衣裳穿薄了，还真抵挡不住冷飕飕的东风。／还好，晴空万里，我登上邮亭，去太阳底下晒晒，暖一暖身子。

【赏析】

诗中的含蓄，常用手法之一是语带双关。像此诗末句"试上邮亭曝背看"，表面上说到太阳底下晒晒取暖，却是话里有话：自己这回上朝廷，向皇帝进言，只担心人微言轻，不知道结果如何。诗人在题目与诗中重复使用"曝背"这个典故，明眼人都知道他的用意，但字面上并没有显山露水，而是与旅途的叙述泯合无迹。

【注】

①"曝背"，晒太阳。据说有个老农民冬天晒太阳，觉得是个不花钱取暖的好主意，就向皇帝报告，希望加以推广。后来用以比喻向朝廷贡献的主意很普通、微不足道。在本诗中含有双重意思。

满园春色关不住

游园不值①　叶绍翁

应怜屐齿印苍苔②，
小扣柴扉久不开③。
春色满园关不住，
一枝红杏出墙来。

【作者简介】

　　叶绍翁（1224 年前后在世），字嗣宗，宋代诗人，属江湖派诗人，擅长七言绝句。著有《靖逸小集》。

【今译】

　　该不会是害怕我把园子里那幽径上的青苔踩坏了吧？／我轻轻地敲着园门，已经老半天了，都不见人来开门迎接。／虽然园门紧闭着，却关不住园子里的大好春色；／瞧呵，一枝盛开的红杏，从墙上探出身子来，正向我窥望！

【赏析】

　　通过一枝出墙的红杏，让读者去驰骋想象，设想出园子里姹紫嫣红美不胜收的春色。这较之费力气去对园中春色进行直接描写，恐怕更能令人满意。因为直接描写毕竟只能写出诗人心目中的景色，而启发读者的想象力却可以创造出各人心目中无数的景色来。这也就是所谓"以一当十"的创造本领，是中国传统审美理论中"以小见大""以微见著"道理之体现。此诗很可能只是诗人记述实际遭遇的妙手偶得，但联系到宋人诗喜说理，此诗之所以妙含理趣，当亦与时代的风尚不无关系。

【注】

　　①"不值"，没有遇上。②"屐齿"，木屐底部两头突出的部分。"屐"（jī），一种木制鞋。③"柴扉"，木板门。"扉"，读 fēi。

绿遍山原白满川

乡村四月　　翁卷

绿遍山原白满川，
子规声里雨如烟①。
乡村四月闲人少，
才了蚕桑又插田②。

【作者简介】

翁卷（1243 年前后在世），字灵舒，宋代诗人。与徐照、徐玑、赵师秀并称为"永嘉四灵"，作诗推崇贾岛、姚合。著有《苇碧轩集》。

【今译】

那一片绿的是丘陵和平原，一片白的是河流。／杜鹃一声接一声地啼叫着，如烟的细雨笼罩一切。／村子里安静得很，是呵，四月是个大忙季节。／采桑养蚕的事儿刚结束，又赶上插秧的时候。

【赏析】

在春末夏初的烟雨中旅行的诗人，偶然走进一条村子里，这才发现这时候农事正忙，于是随手记下了这一遭遇。由于诗人的心境始终是闲适的，反映在诗里，就也现出一片恬静的情味，丝毫没有忙碌不堪的感觉。不妨将其与杨万里的《插秧歌》作个比较，定别有一番妙趣。

【注】

①"子规"，杜鹃的别名。②"了"，了结，结束。

国殇行^①　刘克庄

官军半夜血战来，平明军中收遗骸。
埋时先剥身上甲，标成丛冢高崔嵬^②。
姓名虚挂阵亡籍，家寒无俸孤无泽^③。
呜呼诸将官日穹^④，岂知万鬼号阴风！

【作者简介】

刘克庄（1187—1269），字潜夫，宋代著名爱国诗人。江湖派最主要的代表。其诗深受江西、晚唐影响，因注重现实，抒述爱国情怀，故能出其藩篱，转为豪放雄阔。著有《后村居士诗集》。

【今译】

半夜里，官军进行了一场浴血苦战。／拂晓时，他们打扫战场，收殓阵亡士兵的遗体。／在掩埋以前，先将尸体身上的盔甲剥下，／再把尸体堆积起来，修一座又高又大的坟墓，然后标上记号。／死者的姓名据说已按照规定列册上报了，却毫无用处。／他们的家属既没有得到抚恤金，孤儿也没有得到任何恩泽。／呵呵，各位带兵的将领，他们的官阶是越升越高了；／哪里还听得见无数阵亡者的鬼魂在地下号哭的声音？

【赏析】

一场战事之后，把战果尽可能夸大，把损失尽可能缩小，这就是将军们升官的秘诀。于是，阵亡的士兵和他们的孤儿寡妇便遭到极不公平的待遇。此诗题为"国殇行"，本应歌颂为国捐躯者，诗人却着力描述他们身后的一片黑暗，既沉痛，又激愤。

【注】

①"国殇"，为国牺牲者的称呼。"殇"，读 shāng。②"崔嵬"（cuī wéi），高貌。③"俸"（fèng），薪水。"泽"，恩泽。④"穹"（qióng），高。

蚕妇吟①　　谢枋得

子规啼彻四更时②，
起视蚕稠怕叶稀。
不信楼头杨柳月，
玉人歌舞未曾归③。

【作者简介】

谢枋得（1226－1289），字君直，宋代诗人，爱国主义者。曾率兵抗击元军，兵败流亡，后元朝迫其出仕，绝食死。诗多伤时感旧，沉痛苍凉。著有《叠山集》。

【今译】

才四更天，杜鹃的啼叫就把人吵醒了。／起床去看看，养的蚕儿稠密，怕桑叶喂得不够。／说真的，我可不信，歌楼上，月亮都落到柳梢头了，／那些美人们还在唱呵跳呵，不回去睡觉！

【赏析】

"劳者歌其事，饥者歌其食。"劳动者的歌谣，历来是社会矛盾浅深的晴雨表。因而，也就有那么一些诗人，借用劳动者歌吟的方式来揭露政治的弊端，指斥社会的不公，为老百姓鸣不平。这首诗就是借养蚕妇女之口，对社会现实中劳动者日夜操劳、不劳动者日夜享乐这样一种荒谬的、不合理的现象进行抨击。与直接揭露、公开指斥有所不同，诗人采用了客观描述的方法，通过蚕妇对歌女们彻夜歌舞的生活方式感到不可思议这一心理活动的描写，不着痕迹地暴露出征歌逐色的剥削者与养活他们的广大劳动者之间的巨大鸿沟。

【注】

①"蚕妇"，以养蚕为业的妇女。②"子规"，杜鹃的别名。③"玉人"，如花似玉的人，指歌舞伎。

过零丁洋①　　文天祥

辛苦遭逢起一经，干戈寥落四周星②。
山河破碎风飘絮，身世浮沉雨打萍。
惶恐滩头说惶恐③，零丁洋里叹零丁。
人生自古谁无死，留取丹心照汗青④！

【作者简介】

文天祥（1236－1283），字宋瑞，宋代抗元英雄。率兵抗元达四年之久，兵败被俘，在狱三年，坚决拒绝元朝的劝降，最后从容就义。其诗沉毅悲壮，尤以《正气歌》一诗著名。著有《文山诗集》。

【今译】

各种艰难险恶的遭遇，我都一一经历过了。／率领着屈指可数的军队转战各地，已有整整四个年头。／祖国的山河一片片沦入敌人手中，如同风中的柳絮。／我自己也出生入死，就像那暴雨下的浮萍。／说起惶恐滩的一战，我为军败溃散而深感惶恐。／路过零丁洋的此刻，我为成了俘虏而自叹零丁。／这一去无非是死。自古以来，谁能够不死呢？／我只想留下赤诚的爱国之心，照亮那历史的一页！

【赏析】

平心而论，这首诗前面六句都平平无奇，很一般，如果没有"人生自古谁无死，留取丹心照汗青"两句，肯定早就湮没无闻了。事实上，许多人正是因为这两句才产生兴趣去找原诗一读的。当然，不容忽视的是，使这两句诗光芒闪耀、感发后人的，自有作者文天祥伟大的爱国主义榜样在。

【注】

①"零丁洋"，在今广东省中山市南。②"干戈"，借指战争。"四周星"，四年。③"惶恐滩"，在今江西省万安县。诗人曾在此抗击元军，兵败。④"汗青"，史册。

寄江南故人 家铉翁

曾向钱塘住①，
闻鹃忆蜀乡②。
不知今夕梦，
到蜀到钱塘？

【作者简介】

　　家铉翁（？－1294），字则堂，宋代诗人、学者。为宋使元，宋亡，被留燕京，拒绝出仕，以教书度日，久之，放归。著有《则堂集》。

【今译】

　　我曾经在钱塘住过许久，／那时候，每听杜鹃啼叫便怀念四川的老家。／如今，我真不知道，在夜里做梦的时候，／是梦见回到四川呢，还是回到钱塘？

【赏析】

　　蜀中是祖家，钱塘是故国（按，南宋时，钱塘作为京城，成为国家的象征），当诗人在亡国后被软禁于元朝京城燕京（按，即今北京市）的时候，这两个地方同样使他无法忘怀。在这首写寄江南朋友的诗中，他把这种看似矛盾其实统一的对故国的眷恋，表白得极为沉痛。贾岛《渡桑干》云："客舍并州已十霜，归心日夜忆咸阳。无端更渡桑干水，却望并州是故乡。"此诗当受其启发，然诗人用以抒述亡国的悲哀，感慨深沉多了。

【注】

　　①"钱塘"，即今浙江省杭州市。南宋时又称"临安"，是当时的京城。②"蜀乡"，四川的家乡。

秋敷雲棲

题吕少冯听雨堂　　李彭

碧涧寒侵屋，幽云夜度墙。
贪看山入座，怪听雨鸣廊。
苦乏阴铿句①，聊登孺子床②。
非君无汲引③，寄傲学潜郎④。

【作者简介】

李彭（生卒年不详），字商老，南康军建昌（今江西永修）人。黄庭坚舅父之从孙，诗学山谷，著有《日涉园集》。

【今译】

白天，山涧的寒意悄悄地渗进屋子。／夜晚，幽幽的云气在墙垣上游荡。／眺望窗外青山，真想请它进来和我同坐对谈；／令人奇怪的是，天色晴朗，走廊却传来哗哗下雨的喧响……／可惜啊，我没有阴铿那样的诗才把这一切描画，／唯有懒洋洋地半躺在榻上，想象徐孺子当年是如何的逍遥。／此刻我才明白，你为什么不走门路，求升官，／却摆出一副清高的架子，要学颜驷那个"潜郎"。

【赏析】

诗人受到朋友的热情招待，被安置在听雨堂休息。这里地处山中，四望山色茏葱，房子近邻山涧，哗哗的流水声，常令人误以为是在下雨。听雨堂之得名，盖即为此。诗人被这幽居的环境迷住了，于是写下这首诗来赞美听雨堂以及主人高洁的襟怀。

【注】

①"阴铿"，南朝陈著名诗人，与何逊齐名，善于炼句，世称"阴何"。杜甫有诗句"颇学阴何苦用心"。②"孺子"，徐稺，东汉隐士，陈蕃任南昌太守时曾专设一榻招待之，以表敬重。这里是诗人自况。③"汲引"，当权者的举荐。④"潜郎"，据《汉武故事》记载：武帝尝至郎署，见郎官颜驷"须鬓皓白，衣服不整"。武帝问他："何时为郎？"答道："以文帝时为郎。"武帝又问为什么"老而不遇"，他回答说："文帝好文而臣尚武，景帝好老而臣尚少，陛下好少而臣已老，是以三世不遇。"后因以"潜郎"慨叹虽有才能而老居下位。

江上　董颖

万顷沧江万顷秋，
镜天飞雪一双鸥。
摩挲数尺沙边柳，
待汝成阴系钓舟。

【作者简介】

董颖（生卒年不详），字仲达，德兴（今属江西）人。一生贫苦，其诗知名于时，著有《霜杰集》。

【今译】

一望无际的江流，一望无边的秋色！/ 明净如镜的秋空，飞舞着一双雪白的沙鸥。/ 我立在沙岸边，摩挲着几尺高的柳树，喃喃低语：/ 小树啊，快快长大，到你枝叶成荫时，好让我系那条钓鱼小舟啊。

【赏析】

一抹沧波的碧绿，一抹秋山的赭红，再点上两个鸥鸟的雪白，不就是一幅印象派的图画吗？而又不止于此：两个万顷，开拓出一个无限宽广的空间。在明净如镜的秋空之中，那一双如雪片飞舞的沙鸥，正画出变幻多姿的曲线，这些可不是一幅图画所能够比拟的。更何况画中的诗人，面对这美丽的江景，讲述他内心的渴望：如果有一条小船，驶向这画图之中去，该多好！

答永叔问月① 　王琪

斑斑疏雨寒无定，
皎皎圆蟾望欲阑②。
应在浮云尽深处，
更凭弦管一吹看。

【作者简介】

王琪（生卒年不详），字君玉，华阳（今属四川）人，徙居舒州（今安徽潜山）。嘉祐年间进士，尝上时务十二事，仁宗嘉许，除馆阁校勘集贤校理，以礼部侍郎致仕。

【今译】

寒冷的雨，有一阵没一阵地下，真不知道什么时候会停。/皎洁明亮的中秋月，眼看就到夜深，却仍旧不肯露面。/我想，它应该还躲藏在那云层深处，/咱们何不重开宴席，奏起笙箫来呼唤它，看看怎样？

【赏析】

中秋佳节却阴云满天，这自然是令人十分扫兴的事，诗人不巧也遇上了。已经是后半夜，听说上司欧阳修打算就寝，他灵机一动，写了此诗呈上。欧阳修枕上读毕，兴致大发，果然重开筵宴，再奏笙歌。而老天爷也真的被打动，浮云散尽，中秋月大放光明。

【注】

①"永叔"，欧阳修的表字。②"圆蟾"，月亮的别称。古人传说月中有蟾蜍，故借以相称。